KANEKO
Mitsuyo
金子 光代

川端康成 時空の旅

『雪国』終章で川端が描こうとしたもの

文芸社

「作家との旅　三」からたどる　昭和初期の水上《みなかみ》と川端周辺の様相　5

「作家との旅　三」からたどる
昭和初期の水上《みなかみ》と川端周辺の様相

章扉写真／谷川岳と湯檜曽川（湯檜曽公園にて撮影）

改稿後『雪国』の冒頭となる「夕景色の鏡」と「白い朝の鏡」を、川端康成は昭和九年初冬、越後湯沢温泉の高半《たかはん》旅館で書いている。その執筆前、昭和九年五月と六月に、川端は群馬県水上周辺の温泉地や上牧《かみもく》温泉を訪れていた。伊豆や東京近郊で仕事をすることが多かった川端が突然、水上に向かったのは、新たな題材や仕事場を見つけるためとも言われ、上越線の延伸につれ芸術家、作家達が水上辺りで仕事をするようになったとの見方もある。川端文学の視点から見ると、この時期の川端の作風はモダニズム的な、新しい表現や前衛的な作品の試みなどから写実、東方の古い仏教思想の再認識へという変容の時にあったと思われる。『雪国』のあとがきでも言及される水上への旅が、川端にとってどのような意味を持つものであったか探っていきたい。

一　昭和九年五月の磯沼《いそぬま》との水上行き

まず五月の水上周辺への旅の資料についてだが、第四次『川端康成全集』で秀子宛「昭和十年十月十三日（封筒を欠く）」となっていた川端の「利根郡水上村湯檜曽《ゆびそ》　本家《ほんけ》旅館」からの手紙(1)は、小谷野敦・深澤晴美『川端康成詳細年譜』(2)で、昭和九年五月一三日のものと修正されている。その手紙によると五月一三日、川端は明治製菓宣伝部にいた磯沼秀夫と同行し、上越線で水上駅に早朝着き、水上温泉の白雲館《はくうんかん》（廃業、建物が残る）で休んだ後、谷川《たにがわ》温泉の谷川館（旅館たにがわの前身）から湯檜曽温泉の本家旅館（二〇一九年時点で、建物が残る）へと、水上温泉郷の三つの温泉地を自動車を使い、一日で回っている。磯沼は、羽鳥徹哉「川端康成伝〔八〕」(3)では、川端が梅園龍子を連れて、昭和七年の舞踊団パイオニア・クインテット第一回公演に来観した時以来の知人で、その時はマネージャーであったとされる。また、岩附秀一郎のペンネームで舞踊批評を書き、雑誌「舞台舞踊」の編集もしたとある。磯沼とは舞踊界との繋がりで親しくしていた(4)ほか、六月一日刊「舞台舞踊」初号に、川端は「舞踊界私見」を発表しているので、水上行きの頃、原稿執筆等でも関わりがあった。川端の「舞踊界私見」(5)には、舞踊が芸術として「一生の業《なりわい》」に値するかを知りたいと焦り、二、三年前から西洋舞踊家達の舞踊発表会を「片つ端から」見歩き始めたと書かれている。浅草のレビュー、カジノ・フォーリーで梅園龍子を知り、十代の龍子の将来を考える必要が生じた時期にも当たる。「西洋の舞踊書を読んだり、舞踊写真を眺めたりして、舞踊の夢を見る」のは幸福な空想で、「見もしない舞踊を評論する」など道楽だという理由から、現実の舞踊界を知ろうとしたことがわかる。旧版『雪国』(6)出版に際し多くが削除されるが、昭和九年一二月執筆「白い朝の鏡」の、いわゆる〈西洋舞踊論〉(7)中の島村像のある部分は、こうした川端自身と対照的に描かれたと言ってよいだろう。そして川端は、水上駅から四キロほど、谷川岳の裾野を少し登った山あいの谷川温泉を、「谷川が一等落ちついてよい」と感じたようで、「仕事は谷川館の方出来さうだ」と先の手紙に書いている。川久保屋《かわくぼや》(旅館たにがわ駐車場にあった)が増築したという当時の谷川館は、金盛館《きんせいかん》の隣、谷川を見下ろす渓谷に建っていた。湯檜曽温泉から戻るのでは、心付けに当たる茶代や車代がかさむため、そのまま本家旅館に残って「切(ママ)角ゆゑ」仕事をすると夫人の秀子に伝えている。「[こには古賀さんが来た家。]」「直木さんが法師とこの宿をよくドライヴしたことあるらしい。

旧湯檜曽駅跡

左手上が上越線、下った所に温泉街がある

番頭なども連れ。」と手紙に書き込んでいる。谷川岳が迫る湯檜曽温泉は、二軒の旅館が自動車道を挟んで建つ、谷あいの温泉地であった。湯檜曽駅乗降場は湯檜曽ループ線を通り抜けたところ、温泉街から二〇〇メートルも上の山の斜面にあった（遺構が残る）。ここから先に土合《どあい》信号場があり、谷川岳直下のループ式（松川ループ線）清水トンネルに繋がっていた（現在は上り路線となる）。

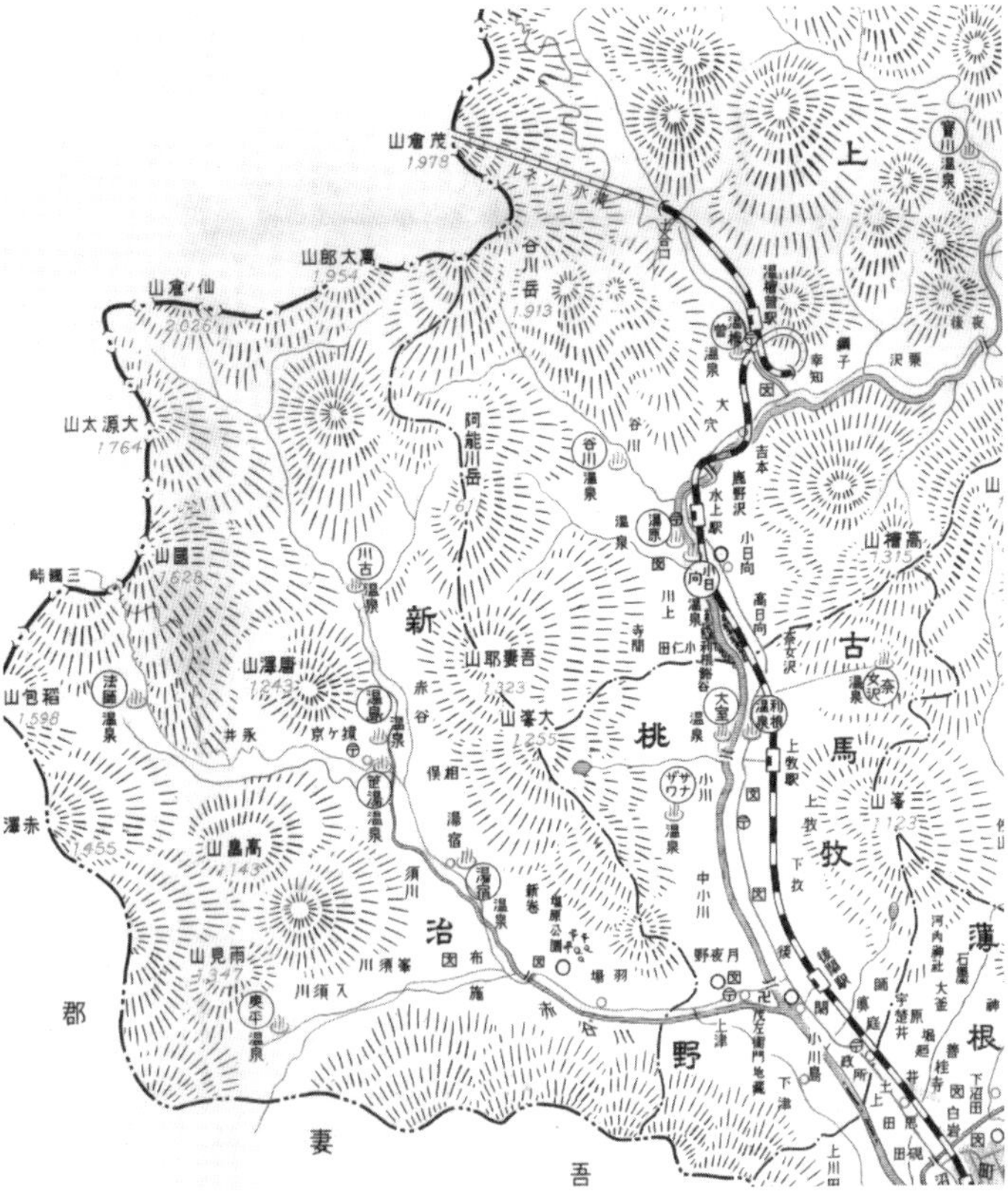

「群馬県利根郡温泉分布図」

（五十嵐昇三著、利根郡温泉組合、1930.7）一部改変

（群馬県立図書館デジタルライブラリー「ぐんまの絵図・地図」より）

二　谷川岳の印象と「水上心中」

夜行列車が湯檜曽駅に停まらなかったため、翌朝に磯沼を駅で見送り、おそらく一四日頃から川端は、随筆「作家との旅　三」(8)を書き始める。この時の湯檜曽は五月半ばでも寒く、道に雪が残り、四月末には「一の倉岳《くらだけ》」で雪崩による二青年の遭難事故があったと書いている。昭和九年頃は、登山家達による谷川岳登山ルートの開拓期に当たり、遭難者を記録した『魔岳秘帖』(9)には先の遭難について、大岩壁登り「一ノ倉沢アタック」最初の尊い犠牲者との記載があった。登山熱が高まり、遭難記事の報道で谷川岳が知られ、登山者がまた増えることになり、遭難が続いたという。川端が旅館で聞いたのか、「雪から靴だけ現れてゐるのを捜索隊の望遠鏡が見つけた」「足の先きまで包帯にくるんで、迎への母にもその姿を見せなかつた」などの話は、翌六月から執筆する連載「水上心中」(10)冒頭、水上駅に詰めていた番頭が語る〈春の一の倉岳遭難〉の材料となる。さらに「作家との旅」に、「谷川温泉には、東京帝大の谷川寮がある」とも書いているが、東大谷川寮（跡地が残る）は谷川岳南麓方面、川端が先に寄った谷川温泉の谷川館や金盛館などいくつか宿を通り越した所にあった。その奥、谷川沿いの谷川登山口は上級者向きルートで、今はほとんど使われていないようである。「水上心中」では、「谷川温泉の帝大寮に休んで来たかと思はれる年頃」の、山岳部で東京の大学院生が登場する。同じ山岳部にいた親友の遭難が自分の責任なら、大自然の審判を受けようと、越後湯沢温泉高半旅館から谷川連峰を縦走して水上駅にやって来る。そこで遭遇した〈心中未遂〉事件が発端となり、三条《さんじょう》出身の芸者葉子がおこす水上のスキー場での転落事故に、恋人と共に巻き込まれるという結末に繋がっていくのである。谷川岳直下の方の上越線沿線は、昭和六年九月の水上駅‐越後湯沢駅間開通と同時に土合信号場が開設され、深田久弥『日本百名山』(11)によると、下車して直ぐの登山道がひらけ、盛んな時には登山者で溢れたとある。「作家との旅」で、湯檜曽辺りから「二里も奥行けば滑れるところもあるといふ」と川端も記しているが、土合信号場は当初、冬期スキー客用の臨時駅であった。昭和九年の川端の、谷川温泉の静謐な印象には、こうした上越線全通による影響も少なからずあっただろう。川端自身は谷川温泉に執筆のための滞在はなかったが、太宰との芥川賞審査を巡る一件があった後の昭和一一年、太宰のパビナール中毒の療養で谷川館を紹介したとされ(12)、太宰は川久保屋の方に逗留して執筆を続けた。谷川温泉は、谷川の清流と谷川岳山麓の豊かな自然を感じる温泉地であったと思われる。

三　昭和六年初夏の法師《ほうし》温泉長寿館《ちょうじゅかん》宿泊と三国峠越え

そして川端は「作家との旅」に、以前、直木三十五が草津温泉帰りの池谷信三郎と川端を、定宿法師温泉長寿館に案内した時の思い出を書いている。長寿館には、後閑《ごかん》駅前に並ぶ三人の写真が、現在も大切に飾られている。三人とも着物に草履の出で立ちで、いつも着る物に頓着しない直木だけが、帽子もマントも無い。

直木氏は池谷信三郎君と私とを法師温泉へ案内してくれた時、三国峠を越えて越後へ行かないかと、私達を誘つた。羽二重の一重襦袢の例のぞろりとした恰好で、どうして山越えかと怪しむと、尻からげをして草鞋ばきに握り飯弁当とのことだつた。

唐突な、しかも峠越えという誘いを訝しむ川端に対して、いかにも豪放磊落な直木の様子が描き出されている。長寿館は三国山の麓で、そこから三国峠を越える山歩き、流行のハイキングに直木は誘ってみたのだろうか。

今も昔の面影を残す法師温泉長寿館

草津温泉行きと長寿館宿泊の時期について、小谷野敦は『川端康成伝』(13)で、旅行前後のことを書いた池谷の随筆「不嫉症・浅間山・鏡」(14)を手がかりにしている。新聞広告に載った「改造」七月号の作品を作家仲間で話題にしながら、草津から帰りの草軽《くさかる》電気鉄道(廃線)に乗っていたとの内容から、六月と推測する。『川端康成詳細年譜』(15)の記載では、昭和六年六月一五日以降の六月中で、日時は確定していない。昭和六年六月には、すでに法師温泉までは後閑停車場法師線の自動車道が通り、直木も乗合い自動車を使って上州の温泉地をよくドライブしていたようだが、しかし、三国峠の方はまだまだ自動車道にはなっていなかった。昭和六年九月一日の清水トンネル開通、上越線全通を前にした当時、群馬県から越後・新潟へ行くには主に、直越《すぐごえ》と呼ばれた清水峠越えと三国峠越えがあったのだが、清水街道は道路が崩れていたうえ険しい山道で、一般的には三国峠越えしかなかったと言える。それも明治二六年の信越本線全線開通により、実際に三国峠を越える人は激減していたという。川端は「作家との旅」で「都会風贅沢好みのいそがし屋」の直木が、山奥の法師温泉長寿館をなぜ愛したか不思議と書いている。この時の直木の三国峠越えの誘いも意外に感じたのではないだろうか。

さて、その長寿館での記憶を川端も、昭和二四年一〇月執筆、第一次『川端康成全集第八巻』「あとがき五」(16)に、少し記している。先の池谷の随筆に「直木と川端はざる碁を打つてゐる」(17)とあった、その後を書き継いだ格好だが、直木が仕事のため切り上げる午前三時頃まで、その碁は続いたらしい。川端が朝方目を覚ますと、直木は四つの新聞の連載小説を各二回ずつ書き終えたところで、「「郊外」といふ雑誌の続きものを書かねばならないのだが、前の切抜きを持つて来ないので、筋も人物の名も思ひ出せないから、東京へ帰るよりしかたがないと言つた」と書いている。

実は昭和六年六月、直木の方では長寿館へ二人を案内するため、直前の一一日、東京から親しくしていた長寿館館主岡村宏策宛に照会の手紙を出していた。直木の書いたものには「辻褄の合わない文章、誤字脱字の類」が多い(18)とされるが、一部をそのまま引用する。

十五六日ごろ新潟の戻りに一寸およりします　湯沢から三国峠を越へて行くかも知れませんが友人がその頃草津にゐるので一緒に十六日の午後四時四十分に高崎へつき五時いくらので（筆者注、「五時何分かの汽車で」の意か）後閑へ出るかもしれませぬ

高崎でこの時一時間　間があるので後閑湯宿から猿ヶ京まで自動車にしやうかとも思ひますが高崎から後閑まで通りますかどうか時間にしてどの位かかるか（略）(19)

直木の心づもりでは先に新潟入りし、上越線北線で湯沢まで出てから三国峠越えで法師温泉に行くか、あるいは信越本線経由で、草軽電鉄で戻って来た川端達と軽井沢で合流し、高崎で上越線南線に乗り換えて沼田方面に向かうか、というようなことであったのかもしれない。「高崎から後閑まで通りますかどうか時間にしてどの位かかるか」というのは、同じ昭和六年に書かれた与謝野晶子の紀行文「法師温泉の記」(20)を参考にすると、長寿館からの自動車の手配に当たって、高崎駅から沼田方面行きの汽車（列車）の有無、また、

急行列車は後閑駅で停車しなかったので、各駅停車に乗り換えた場合の所要時間等の問い合わせではないかと推察し得る。後閑駅から猿ヶ京までは乗合い自動車を使い、そこからは猿ヶ京と法師温泉間を往復する法師温泉専用の自動車があったこともわかる。川端は「作家との旅」で、直木が「わざわざ高崎駅で待ち合せてくれ」と書いているので、実際は東京から直接行った可能性が高いだろう。そして直木は、六月一七日付けで新潟の知人女性宛に、

とにかく忙がしくて中々出られない　新潟へ行くつもりで法師温泉まで行つたが急用で戻つて来た（筆者注、東京へ）（略）(21)

と手紙を書いているので、長寿館宿泊が照会の手紙で知らせていた一六日であったとしたら、やはり先に新潟へは行けなかったのだろうし、湯沢からの三国峠越えもできなかったことが窺われる。一七日、直木も東京へ帰らざるを得なくなった理由は、前出の川端の記憶から説明できるだろう。「新潟へ行くつもりで法師温泉まで行つた」というのは三国峠越えのことと取れるので、川端や池谷への誘いにも通じる。夕刻に長寿館に着き、翌日急いで東京に戻ったとなれば、やはりこの時、川端達の三国峠越えは無かったと考えられる。新潟市の知人は『直木三十五伝』(22)によると、山本淡紅子という女性で、新潟競馬

で知り合ったらしく、直木に文章指導を受けていたようである。『直木三十五全集』収載の淡紅子宛の手紙は、昭和五年六月から六年九月にわたり、新潟に行く旨の文面も見受けられはするが、法師温泉から新潟へという三国峠越えを想定した内容は前掲の昭和六年六月だけである。直木が川端や池谷を、どれほど本気で三国峠越えに誘ったかはわからないが、「作家との旅」には、直木の法師温泉への愛着とともに三国峠越えへのこだわりが描かれているように思う。この三人での長寿館宿泊のわずか三ヶ月半後、川端は「一作家二日の感」(23)で池谷や直木の病状に言及したが、池谷は九月に喀血し、直木は八月末から九月中、結核による肋膜炎の二度目の入院をしていたのである。そうして直木の病状はその後も進行していった。

このようにたどってくると、「尻からげをして草鞋《わらじ》ばきに握り飯弁当とのことだつた」という川端の表現は、昭和六年六月以前に直木が三国峠越えをした際の体験談と、受け取ってよいと思われる。青空文庫の検索によると、直木の随筆「続大阪を歩く」中に、三国峠越えについて「(略)歩くと、決心すれば、一昨年の夏、私は、上越国境の三国峠を越えて、越後湯沢へ下駄履きのまゝ、出る事のできる男である)」(24)と誇らしげに述べている箇所が見つかる。「下駄」とは、直木らしい。この連載の内容からは、おそらく直木が四〇歳の時の執筆と推測できるので、「一昨年」は昭和四年のことと考えられる。川端の書きぶりは、こうした直木自身の健脚自慢も含んだ表現だったのではないだろうか。三国峠越えは上州永井《ながい》から越後浅貝《あさかい》までの峠越えが難所であっただけでなく、越後湯沢までの二居《ふたい》、三俣《みつまた》も小さな峠越えの連続で難路であったとされる。新潟県側の資料としては、湯沢町の郷土誌『駒子と湯の里』に、直木が三国峠から下って湯沢の湯元温泉まで来たことは、日時不明ながら「明らかに語られている」とあり、次のような話が載っている。その話がいつどこで採られたかについても記載がないので、そのまま引いておく。

泊った宿の方の話によれば、山越えで、あまりにもつかれたのか、とても不きげんで、人力車をもって迎えに出なかったとか、宿の者の取りあつかいがわるいとか言って、大へんむずかったそうだ(25)。

確かに法師温泉から新潟県の三国へ下り、広域にまたがる湯沢村に出たとしても、湯元越後湯沢までは相当遠く、川端も言うように「越後の奥」であったことを物語る逸話である。昭和六年時の川端にとって三国峠越えなどの山歩きは、驚きはしても関心はそれほどなかったと感じる。しかしこの「作家との旅」執筆後の六月、高半旅館からの秀子への手紙(26)には、「乗合で行くと、三国峠の法師の反対側に行ける。三里だといふから越えてみたい」と三国峠越えについて書いている。ただし、湯沢温泉から麓までは、やはり乗合い自動車で行くとしている。

一五年後、決定版『雪国』の「あとがき」に補足した「二」で「直木氏は法師から湯沢へ三国峠を越えたこともあつたやうだが、私は歩いたことはない」(27)と明言していることから、三国峠越えの実行までには至らなかったということだろう。

四　昭和九年春の湯檜曽周辺の巡り歩き

続けて川端は「作家との旅」に、水上で「より多く切実に」思い出す亡友は古賀春江であると書く。

古賀氏は去年の春、まだ冬枯れの色の頃、このあたりの水彩写生を多く描き、私はその絵を皆見せてもらつてゐるからである。

と、「このあたり」、すなわち湯檜曽周辺の「春」の水彩写生画を全て見せてもらっていたことを、初めて明かしている。それが、古賀の死の前か後かは不明だが、古賀とは昭和六年頃から家族ぐるみの近所付き合いもあった(28)。水彩写生画が描かれたいきさつについて川端は、古賀は初め日本水彩画会会員達の水上方面写生旅行に加わって来たといい、「湯原《ゆばら》」で感興に乗じて多くの水彩小品を描いたとも書いている。水上駅から利根川を渡った湯原温泉一帯には、利根川がつくり出す諏訪峡《すわきょう》があり、遠景に谷川岳の姿も望める。古賀は水上に一行と共に訪れ、「ひどく」気に入り、一旦帰京したものの直ぐ引き返して来たのだという。そして「湯檜曽」でも多くの水彩写生を描いたと思われる。湯檜曽は湯原の景勝地とは趣を異にし、雄大な自然がそのまま味わえる場所である。川端はというと、水彩写生画が描かれた湯檜曽で、川上の白毛門《しらがもん》から「若葉のスキイ場」まで川岸や森を、古賀の「水彩」と「実景」とを思い比べながら歩き回ったと書いている。おそらく本家旅館から湯檜曽川上流に向かい、白毛門の山裾や湯檜曽川の河原を、あるいは少し下って上越線脇の旧大穴《おおあな》スキー場(昭和六-平成三一)辺りまでを実際に巡り歩いたのだろう。「ここは古賀さんが来た家(筆者注、湯檜曽本家旅館のこと)」という先の手紙の中の言葉を考え合わせると、川端を「春」の「水上」行きに誘った元々の要因の一つが、古賀の、特に湯檜曽周辺での水彩写生画だったとも思われる。しかし、川端は実景と風景画の「連接」を語るということはなく、実体験として見て感じて歩くことが第一義であったのかもしれない。それらの写生画の「一部」が銀座紀伊國屋の水彩遺作展覧会に出陳されたとだけ川端は書いている。開催前夜には、川端は直木と宇野浩二と連れだって会場に行っていた(29)。水上行きの前、「末期の眼」(30)で川端は特に古賀の様々な芸術活動について、シュルレアリスムの油彩と水彩画、川端が「最も早分かり」するというパウル・クレー風の絵画、水彩の色紙画と詩、文学などを挙げ、論じていた。それから遺骨の上に積み重ねてあった四、五冊の作品集のことにも触れているが、古賀が元は水彩画家であったことを川端はそこで知ったようである。水彩写生画に関しての言及はなかった(31)が、ただ古賀本来の水彩画家としての「写生」という一点に注目すると、「末期の眼」に川端が引用したポール・ヴァレリーの小説作法における現実と作品の関係(32)に通じるものがあると解釈することも可能ではないか。川端が古賀の水彩写生画に現れた「生命」や「真実」を感じたとすれば、古賀の「死の予感」の中での「観察」という創作者の「生きる能力」、言い換えれば作品を「生きさせる」創作の実践を、現地で確かめたいという思いが、水上への旅の動機ともなっていたのではないだろうか。そしてもう一つ「写生」という観点で言うと、「中央公論」六月号に発表した「作家と作品」(33)で、内田百閒と瀧井孝作についていて、写実の極意に達した筆法と、その筆法を続けている点で最高の作家と評していたことを指摘しておきたい。ここで川端が述べる「写実」は、写実と象徴の関わりのことでもあり、宇野浩二の言葉を借りて「芭蕉風に実写と空想の混合《コクテール》を試みてゐる」とも表している。西欧美術の潮流を次々と探求し、「超現実の画風に移つた後は、尚更山川を実写することはなかつた」古賀が、「最後」に水彩画家として写生画を描いた現場が水上である。川端が水上を訪れたことには、芸術における「写生」「写実」「観察」が、作中の「現実」「真実」「生命力」を創り出す、その接点を問い直す意味があったのではないかと考える。

五　上牧温泉と雪の法師温泉

川端は湯檜曽温泉滞在後、自動車でやや下流の上牧温泉に向かい、上牧駅前の、川幅を増した利根川の右岸（大室《おおむろ》温泉）にある大室温泉旅館（現在は温泉病院が建つ）へ移る。その時の運転手は、水上に来る前は沼田にいて、伴をした直木のことをよく覚えていたという。後閑駅開業は大正一五年で、自動車発着所もあったようだが、沼田には、沼田駅が終点であった時期に乗合い自動車の発着所がいくつもできていた。昭和三年、観光拠点となる水上駅が開業し、それにともない乗合い自動車会社も移ってきたと思われる。だとするとこの話は、昭和三年頃以前の可能性が高いと思うのだが、推測の域は出ない。

　雪深い日など、運転手が、この界隈に停車場近い温泉も多いことゆゑ、一泊して明日法師に行く方がよいと引き止めても、なにを馬鹿なとばかり、直ぐ雪沓をはき、積雪膝を没する山道の夜を真直ぐ法師へ急いだといふ。

と直木の様子を聞き書きしている。停車場は後閑駅のことで、温泉はおそらく湯宿や赤岩の温泉宿と思われる。川端は、「法師温泉は後閑駅から自動車で一時間二十分、約四里半、赤谷川を上り、三國峠の麓だ。電燈も来ない一つ家だ」と書き添えているが、この道筋は、先の昭和六年六月、初夏、法師温泉宿泊時に川端や池谷が通った、後閑停車場法師線の自動車道であろう。池谷はもう少し詳しく「旧跡などが残つてゐる後閑駅から五里、湯宿、猿ヶ京の小さな温泉を通つて、一村一戸といふやうな村を二つ越して、この山の中の温泉宿に着く」(34)と記していた。直木が行ったとすると、まず、塩原太助の生家がある下新田宿《しもしんでんしゅく》・今宿《いまじゅく》・布施宿《ふせじゅく》の三宿を自動車で通り越し、湯宿の赤岩新道辺りから歩き始め、相俣宿《あいまたじゅく》まで上っていく。自動車道の相生橋《あいおい》を廻らず、笹の湯があった生井《なまい》の方に下り、猿ヶ京関所跡の高台まで再び上る。昭和三四年の相俣ダムの完成により、生井、湯島、

上牧駅近くの橋から利根川上流を望む

温泉、笹の湯は赤谷湖湖底に沈んだが、移転して現猿ヶ京温泉となっている。国道一七号は、ダム湖の赤谷湖を迂回し、現猿ヶ京温泉の入り口に繋がるが、そこから新三国大橋過ぎまでの供用は昭和三九年であった。池谷が見た「猿ヶ京の小さな温泉」や関所跡、法師温泉出張所を過ぎ、「お願《がん》しょ」や史跡が続く道を行き、「村を二つ越して」と書いていた集落、吹路宿《ふくろじゅく》、永井宿へと向かう。永井宿の手前から、人里離れた山中の自動車道へと分かれ、赤谷川の支流西川の谷を法師沢まで三キロほど遡ると、長寿館に着いただろう。現在では法師温泉まで主に国道一七号を使い、県道吹路法師線に入って五キロ、全二二キロのルートだが、直木が湯宿辺りから歩き出したとして、猿ヶ京関所跡を通り抜けたであろうから、一二、三キロの道のりであったと考えられる。そして永井宿までの道筋は、今、見てきた通り概ね三国街道である。参勤交代、越後米や物資の流通で使われた街道沿いに、旧本陣脇本陣、問屋、旅籠《はたご》などの宿場町や集落が途切れながらも続いていく。「積雪膝を没する」状態でも、三国街道なら小さな宿も所々にあり、留まることもできると直木は心得ていたのではないか。さすがに永井宿から登っていく峠道の方は、雪の激しい時旅人が逗留した「三坂茶屋跡」や、犯罪人の護送中に雪崩で亡くなった八名の「長岡藩士の墓」などの史跡が、深雪のため通行困難だったことを物語る。「大般若塚」辺りでは妖怪が現れ、旅人を恐れさせたが、風雪で落命した人々の霊とわかり、供養塔を建てたという。そこから法師温泉に下る「九十九曲り」の急坂は、妖怪封じのため百曲りを避けたと伝えられる。先に明らかにした昭和四年夏の直木の三国峠越えでの越後湯沢行きは、永井宿から峠越えの浅貝宿までが三里半一四キロ、浅貝宿・二居宿・三俣宿の三宿を越えて湯沢宿まで七里二八キロ、全四二キロの行程であった。江戸時代、健脚の成人男性で一日八時間から一〇時間かけて一〇里四〇キロ、峠道は三〇キロぐらい歩いたということなので、直木の三国峠越えは相当大変だったはずである。そのような三国越えができたのなら、三国街道を法師温泉まで歩いていてもおかしくないと思えてくる。ただ川端が描いたのは、積雪の夜に山道へと歩いて向かうほど直木が法師温泉を愛したこと、すなわち直木にとっての法師の魅力であろう。自家用車を菊池寛と共有し、大阪へ行く時は飛行機も使うほどモダンであった直木の、一方での山奥の法師温泉長寿館への愛着を、川端は「隠れた寂しい悲しみ」とも書いている。昭和六年九月、清水トンネル開通で高崎駅‐長岡駅（宮内駅）間の上越線が全通し、水上には観光やレジャーで訪れる人々が増えていった。日本最長のループトンネルとなった清水トンネルは、その勾配の大きさから当初より電化運転が計画され、水上駅‐石打駅間は最新型の電気機関車が蒸気機関車を牽引した。その昭和六年九月、長寿館での印象を、例えば与謝野晶子は次のように書いている。

夜となつて各室に吊ランプが点《とも》された。（略）やや慣れて見ると、この時代逆転の薄暗い照明が電燈のやうに心持をいらいらとさせず、三十年前《ぜん》の生活の思ひ出と共になつかしくさへ感ぜられた(35)。

昭和初年代でさえ、法師温泉長寿館は明治の面影を残し、訪れる人にノスタルジーを感じさせたのだろう。また三国峠、三国街道沿いには、名所や史跡、不思議な言い伝え、素朴な暮らしの四方山話などが非常に多く残っている。映画界から転身した直木が、時代小説家として興味や関心を持ったとしても不思議はない。そうした意味でも、長寿館と三国街道は直木にとって魅力を持った場所だったと思われる。つまり三国街道を歩くという行動は、作中の幻想的な世界を創り出すことに繋がり、その時代のリアリティーを作品にもたらした側面もあっただろうと想像する。昭和五、六年の『南国太平記』(36)連載は、お家騒動の史実に呪詛の要素を加えて描かれたが、そうしたものも含めて幕末の時代小説の傑作として人気を博したのだろう。「作家との旅」で川端が書いた直木のエピソードは、直木の驚くべき行動力を印象に残すが、川端は作家の創作の機微について書いてはいない。

「みなかみ水紀行館」道の駅内のEF16形電気機関車
清水トンネルの急勾配区間用にEF15形から改造された
(SLみなかみプロジェクト、平30・3)

六　川端の帰京後と水上周辺について

「作家との旅」執筆中の状況は、「古賀、池谷、直木と相次いで僅か半年の間に私は三人の友を喪ひ、旅の思ひ出の記を書く筆も自然と重い。私はこの一節を書くのに、湯檜曽温泉から大室温泉、さうして東京の自宅と、十日も費してゐる」というものであった。川端は上牧温泉からの帰りに、後閑駅から法師に寄ろうかとも考えたようだが、「私一人故人を思ひ出すのはたまらぬ」と書いている。故人は二人である。そして秀子に「十六日棋会間に合ふやう」に「朝立つ」と手紙で伝えていた通り、一六日には東京に戻ったと思われる。おそらく一八日の、改造社社長山本実彦、横光利一達との相撲観戦の折に、横光が水上温泉郷の大穴温泉、鳴滝館《なるたきかん》(37)に泊まったと聞き、翌一九日「文学界」の集まりでは、深田久弥や小林秀雄が登山かスキーで谷川温泉、金盛館に泊まったことを知ったようで(38)、そうした話も「作家との旅」の終わりに綴っている。深田久弥は、昭和七年頃から小林秀雄と一緒に登山や山スキーに出かけるようになり、これは昭和八年秋に小林と谷川温泉に一泊した翌日、天神峠を経て西黒沢を下り、湯檜曽まで歩いたという、後年の『日本百名山』(39)にも載る登山のことであろう。また、深田は若い頃から清水越えの旧道沿いを何度か通っているといい、谷川岳一ノ倉沢岩場の景観も語っている。そうして川端は、のどかな上牧温泉に翌六月再び訪れることになるのだが、五月三一日付け中河与一宛の手紙(40)では、次のように書いていた。

伊豆から帰ってまたちよつと奥利根方面へ行つて来ました。二十日過ぎ再び行く筈のところ、犬のお産でおくれて居ります。(略)来月四日に奥利根へ出かけます。登山服でも買って、少し歩くつもりです。(原文ママ)

古賀春江が水上へとんぼ返りしたように、実は川端も帰京後すぐに奥利根に再び向かい、山歩きや、おそらく次の仕事をするつもりもあったのである。

七 「作家との旅」執筆後

川端は磯沼と水上周辺の温泉地に訪れたが、一人になって、湯檜曽での巡り歩きや水上ゆかりの芸術家の思い出を書きつつ上牧温泉に寄り、帰京後にも水上のことを綴った。元は古賀の水彩写生画に触発されての旅で、そこで直木の足跡を改めてたどることになったと言う方が正確だろう。そして、水上周辺の地、山歩きなどに関心を向け、小説の材料や仕事場を見つけることになった。書かれてはいないが、芸術家の創作における、現実と作品の関わりについて想う旅ともなったのではないだろうか。上越線延伸の過程と水上一帯の魅力は、川端を含め多くの芸術家達の創作に影響を与えていたと言えるだろう。

＊

結局、川端は六月七日から、その頃刊行されてきていた二〇冊近くもの改造社『文芸復興叢書』を持ち込んで大室温泉旅館に滞在した。山本実彦の「文芸復興」の弁に対し、「月々の雑誌小説」が批評の主な対象で、作家の作品集も読まずに現代文学がわかるのかと不満を述べ、昼夜それら叢書を読み耽ることを実践し、「今日の作家」を数日で書き上げている。さらに諸雑誌の原稿締め切りに追われるなか、川端は一休みにと水上駅から初めて清水トンネルを抜け、越後湯沢高半旅館を訪れる。その後、そこで『雪国』駒子のモデル、芸者松栄《まつえ》と出逢うのである。

注

（1）第四次新潮社『川端康成全集補巻二』、四一三頁三五。以下、第四次新潮社『川端康成全集』を第四次『全集』と略記。

（2）勉誠出版、二〇一六・八、一六六頁下。

（3）『川端康成研究叢書8　哀艶の雅歌』教育出版センター、一九八〇・一一、二五〇・二五七頁。

（4）「古い日記」「新潮」昭三四・一〇。第四次『全集第二十八巻』、七六頁。四月一日は『川端康成詳細年譜』の指摘により、五月一日となる。

（5）昭九・春季版。第四次『全集第二十七巻』、三八・三九頁。

（6）川端康成、創元社、一九三七・六。

（7）「改造」昭一〇・一。第四次『全集第二十四巻』、九〇〜九二頁。

（8）「関西学院新聞」昭九・六・二〇刊第百号記念特集号。第四次『全集第二十七巻』。

（9）岸虎尾『魔岳秘帖　谷川岳全遭難記録』光和堂、一九五九・七、二一・二二頁。

（10）「モダン日本」昭九・八〜一二。第四次『全集第二十二巻』。

（11）新潮社、一九六四・七（初版）、七四〜七五頁。

（12）長篠康一郎「川端文学と太宰治―昭和十一年を中心に―」『川端文学研究第二十号』川端

文学研究会、一九八一・三。旅館たにがわ太宰治文学資料室の複写を参照。なお川端の谷川館来訪は昭和九年五月と修正されたが、太宰の書簡による推察に大きな影響はないと思われる。ほかに『太宰治水上心中』広論社、一九八二・六、七三〜七七頁。

(13) 『川端康成伝―双面の人』中央公論新社、二〇一三・五、二一四頁・注7。

(14) 『池谷信三郎全集』改造社、一九三四・六、六二六・六二七頁「浅間山」。

(15) 前掲注2、一三三頁。

(16) 新潮社、一九四九・一二。「独影自命」第四次『全集第三十三巻』、四二二・四二三頁。

(17) 前掲注14、六二六頁「不嫉症」。

(18) 植村鞆音『直木三十五伝』文藝春秋、二〇〇八・六、二〇三頁。

(19) 「書簡」『直木三十五全集第21巻』示人社、一九九一・七、三九五頁七〇。

(20) 「横浜貿易新報」昭六・九・一三。『鉄幹晶子全集27』勉誠出版、二〇〇九・四、八八頁。「猶沼田駅よりも、もつと先の後閑駅で下りると猿ヶ京まで乗合自動車があり、猿ヶ京へは法師温泉自用の自動車が往復してゐるが、急行列車が後閑駅に停まらないので急行で来るお客は二十分ほど次の汽車を沼田駅で待合さねばならぬが、私達は宿の主人の厚意で沼田まで自動車で出迎へて貰ひ、直接法師温泉へ来たのであつた」とある。

(21) 前掲注19、三九五頁七一。また、九月二一日付け書簡で「もう二三年の命らしいです、二三年中に、三万枚かいて死ぬつもりをしてゐます。これから、傑作をかいて、何かを残してをきます。（略）この初夏、途中まで行つて引返したのです。法師温泉まで行つて—。」とも書いている。

(22)前掲注18、二一九頁。

(23)「新潮」昭六・一一。第四次『全集第二十六巻』。なお『川端康成詳細年譜』で、九月を一〇月に訂正。

(24)「続大阪を歩く　歩く準備」入力・門田裕志、小林繁雄、校正・鈴木厚司。『直木三十五全集第15巻』示人社、一九九一・七、一九七頁。

(25)若井福治『越後湯沢温泉旅情　駒子と湯の里』政エ門出版、一九八四・一二、一〇頁。

(26)前掲注1、三九二頁一六。

(27)第一次『川端康成全集第六巻』新潮社、一九四九・六。「独影自命」第四次『全集第三十三巻』、三八九～三九一頁。

(28)中野嘉一『古賀春江　芸術と病理』金剛出版、一九七七・一一、八七・八八頁。

(29)前掲注2、一五五頁、一〇月三日。

(30)「文藝」昭八・一二。第四次『全集第二十七巻』。

(31)「死の前後」『古賀春江』一九三四・九。「『古賀春江』詩画集跋」第四次『全集第二十七

巻』、七五・七六頁。「私は絵画の門外漢」と言い、油彩や抽象画とはやや異なる、水彩への川端の姿勢がうかがわれる。後年「古賀春江と私」(「藝術新潮」昭二九・三。第四次『全集第二十七巻』)で、水彩遺作展と水彩については言及した。

(32) 前掲注30、一九頁。

(33) 一九三四・六。第四次『全集第三十一巻』。

(34) 前掲注14、六二六頁「不嫉症」。

(35) 前掲注20、八八頁下。

(36) 『大阪毎日新聞』『東京日日新聞』昭五・六・六〜六・一〇。『直木三十五全集第2巻』示人社、一九九一・七。

(37) 鳴滝館は沼田にあったが、昭和初期に大穴温泉に移転していたらしい(鳴滝別館か)。

(38) 前掲注2、一六七頁。

(39) 前掲注11、七五頁。

(40) 浦西和彦「川端康成未発表書簡二十通—中河与一あて書簡十七通ほか—」「国文学」七八、一九九九・三、三三一・三三二頁九。関西大学学術リポジトリ。

その他参考資料等

・阿部利夫編『清水越の歴史』みなかみ町谷川岳山岳資料館、二〇一五・八。
・野村和正『峠の道路史　道の今昔と峠のロマンを訪ねて』山海堂、一九九四・三。
・酒井明司『『雪国』の汽車は蒸気機関車だったか？　鉄道・文学・戦前の東京』東洋書店、二〇〇九・一二。
・宮脇俊三・原田勝正『ＪＲ・私鉄全線各駅停車６　中央・上信越５９０駅』小学館、一九九三・二。
・みなかみ町観光課・みなかみ町観光協会「三国街道三国峠」「猿ヶ京お願しょめぐりマップ」「みなかみ町歴史マップ」「みなかみ町ビューマップ」。
・みなかみ町教育委員会群馬県指定史跡江戸時代のパスポート館　猿ヶ京関所資料館。
・椿山房（一財）三国路　与謝野晶子紀行文学館。
・持谷靖子『歌うたい旅から旅へ　晶子群馬の旅の歌（上）』みやま文庫、二〇一三・八。
・群馬県立図書館デジタルライブラリー「ぐんまの絵図・地図」。

『雪国』における
繭倉《まゆぐら》火事での天の河の象徴

章扉写真／左上から時計回りに緒糸《きびそ》（天蚕）、薄皮、蚕繭《さんけん》、右上は紬の着物

（自宅にて撮影）

小説『雪国』で、雪国の民芸品であった麻の縮《ちぢみ》のことが語られていく、

雪のなかで糸をつくり、雪のなかで織り、雪の水に洗ひ、雪の上に晒す。績《う》み始めてから織り終るまで、すべては雪のなかであつた。

以下を、川端康成は終章と呼ぶ。これは未完となっていた昭和一二年出版の旧版『雪国』に、書き足した部分である。川端は、終章として昭和一五、六年に「雪中火事」「天の河」を発表していたが、後年に失敗したとだけ触れている。戦後、その旧稿を部分的に削除、加筆して「雪国抄」「続雪国」を発表し、昭和二三年の決定版『雪国』出版の際に加えた。こうした終章の書き換えについて、特に結末の、火事場での天の河の描出の変化に注目しつつ、その意味を探る。主に本稿中で挙げる「雪国」の連作、刊行の経緯を、次に記しておく。

「夕景色の鏡」（「文藝春秋」昭一〇・一）
「白い朝の鏡」（「改造」昭一〇・一）
「物語」（「日本評論」昭一〇・一一）
「徒労」（「日本評論」昭一〇・一二）
「萱の花」（「中央公論」昭一一・八）
「火の枕」（「文藝春秋」昭一一・一〇）
「手毬歌」（「改造」昭一二・五）
旧版『雪国』（創元社、昭一二・六）連作を削除・改稿し、書き下ろしを加えて出版
第二次『川端康成選集第五巻』（改造社、昭一三・一〇）第五巻あとがき
「雪中火事」（「公論」昭一五・一二）
「天の河―雪国のつづき」（「文藝春秋」昭一六・八）
『雪国　現代文学選7』（鎌倉文庫、昭二一・二）あとがき
「雪国抄」（「暁鐘」昭二一・五）
「続雪国」（「小説新潮」昭二二・一〇）
決定版『雪国』（創元社、昭二三・一二）　**あとがき**
第一次（十六巻本）『川端康成全集第六巻』（新潮社、昭二四・六）　**決定版あとがき・二**
『定本雪国』（牧羊社、昭四六・八）あとがき

一　『雪国』結末の天の河と蚕に纏わる連想

『雪国』(1)の繭倉火事の場面では、「火の子」が広がり散って島村が「掬ひ上げられてゆくやう」と感じた天の河が、煙が流れるのと逆に「さあつと流れ下りて来た」と変わる。いわゆる天の河の〈掬い上げ〉は、「雪中火事」(「公論」昭一五・一二)「天の河―雪国のつづき」(「文藝春秋」昭一六・八、以下「天の河」と略記)に描かれていたが、「雪国抄」(「暁鐘」昭二一・五)「続雪国」(「小説新潮」昭二二・一〇)で、一部書き直されたうえ新たに〈流れ落ち〉が書き加えられた。さらに決定版『雪国』(創元社、昭二三・一二)では、最後に天の河へと「踏みこたへて目を上げ」る島村が加筆された。こうした複雑な改稿の経緯からも天の河の象徴の意味が一つではなく、また変化したことが想定され、『雪国』の結末に様々な解釈を生んでいるとも言えるだろう。片山倫太郎(2)は、「たとえば小説の結末を〈救済〉(中山［筆者注、中山眞彦］)と取るか、〈苦痛と悲哀〉(勝原［筆者注、勝原晴希］)と取るか」という議論を、『雪国』の「根幹のところでの解釈に関わる問題」と規定し、『雪国』の「美的世界の本質へと議論を誘うもの」であることを示唆する。周知の通り、川端が実際の乾繭場《かんけんじょう》兼劇場火災を見て「雪に埋れた活動小屋の火事で幕を閉ぢようか」と発想し、初めて「雪国」の構想に言及した(3)のは、駒子が蚕に喩えられた短篇「徒労」の脱稿後である。この蚕からの連想は、川端が「雪国」を書き出す前に考えついていたという首尾照応の構図の、「雪のなかの火事場で天の河を見上げるところで終る」(4)結末に有機的に繋がるものではないか。『雪国』に点綴する蚕に纏わる連想をたどり、〈繭倉火事での天の河の象徴〉の意味を検討し、『雪国』結末の改稿における、島村の中の観念や美的世界と、現実との葛藤を考えてみたい。

二　駒子の神性

島村は雪国で再会した「女」の名が「駒子」であることを知り、駒子が住む師匠の家の「お蚕さまの部屋だつた」屋根裏部屋に連れて行かれる。馬と蚕の結びつきは、中国古代の神話や養蚕起源伝説、それらを原型とする日本のオシラ神伝説や養蚕地帯の信仰、伝承等に広く見られる。上田渡(5)は川端が唐代小説「神女伝」の「蚕女」を翻訳していたことを指摘し、馬と人間の娘が結ばれて蚕女となり、養蚕の神として崇められたという伝説から、駒子に馬（駒）と蚕が一体となった蚕神《かいこがみ》の神性を見る。なお農村では農事始めの旧暦初午《はつうま》と、農神や蚕神を祀る稲荷信仰が結びついたとされ、初午祭を稲荷神社で行う所も多い。駒子は杉林の中の神社に島村を導き、狛犬の傍らの岩に腰をおろすが、その神社の狛犬には「駒犬」が旧版『雪国』（創元社、昭一二・六）、『川端康成選集第五巻』（改造社、昭一三・一〇）、『雪国

現代文学選7』（鎌倉文庫、昭二一・二）で当てられてもいた。上田は三輪山《みわやま》説話を背景に鎮守の杉林の杉を神、その小暗い青を映した駒子を杉の精とする神性を、まず初めに説いていた。ただし、島村が背を寄せた「恐しい神の武

現「雪国の宿高半」の下、村社諏訪社の狛犬と杉

器のやう」な杉が「神社の杉」であることに注目すると、古来の自然崇拝により山や巨木を御神体とし、またその神霊を薙鎌《なぎがま》とされる武器に移して御神体とするという諏訪信仰(6)も窺われよう。作中の神社については、平山三男(7)の調査研究により「高半旅館の直ぐ下にある諏訪神社を反映している」ことも明らかにされている。実は、駒子の「首に杉林の小暗い青が映るやうだつた」、「杉林の陰で彼を呼んでからの女は、なにかすつと抜けたやうに涼しい姿だつた」という描写は、旧版『雪国』で加筆されたものである。「白い陶器」のような皮膚の駒子の首には、蚕に纏わるイメージが映し出されていたことを考慮すると、これらは催青《さいせい》という蚕の卵の孵化とその色(8)を表したものかもしれない。さらに上田は、「牽牛《けんぎゅう》織女《しょくじょ》のように天上世界で、一年に一度の永遠に続く逢瀬を望む心があった」駒子が、七夕伝説の織女の神性を最後に獲得していくとし、「雪中火事の場面に天の河を取り込んだ」川端に七夕伝説への意識があったと論じる。上

催青器
（駒ヶ根シルクミュージアム再現展示「大正、昭和初期の養蚕農家」より）

田が繭倉火事を駒子の蚕神的神性の崩壊とした点には慎重な検討が必要だが、作品構造上「駒子（筆者注、女）の神性の最初の顕現は、神社の杉林の中であった」と述べたことは重要で、それは島村が女と初めて結ばれる前であり、駒子との情交がすでに神聖化されていたと言えるだろう。同様に神話的構造を提示する千葉俊二(9)は、川端が翻訳した「神女伝」五篇と『雪国』との関連により駒子に〈仙界訪問譚〉の「男を待ち受けて歓待する」神女の徴を見て、話型から、神女である駒子が人間的な感情を露わにし始めると島村は仙界を去る決意をすることを読み取る。

三　島村の雪国再訪

島村が雪国を再訪した時、駒子は芸者になっていたが、駒子の部屋は「いかにも清潔」で「蚕のやうに駒子も透明な体でここに住んでゐるか」と島村には思われ、やはり駒子が現す性質や様子の清潔さから蚕に喩える。養蚕農家では蚕を御蚕様と呼んで大切に扱い、蚕を飼う蚕室《さんしつ》は、病人を遠ざけ、葬式があった家の人は他家の蚕室に入らないなど忌《き》を嫌う神聖な場所であった。営繭《えいけん》が近づいた蚕は八日ほどで透明な熟蚕《じゅくさん》となり、繭を作り始める。蚕室造りの部屋の中での島村の「古い紙箱に入つた心地」や「宙に吊るされたやうな」感覚からは、あたかも繭を作らせるため蚕を入れる、紙で作った蔟《まぶし》の中にいるかのような印象を受ける。島村は初め駒子の徒労を厭わない存在の純粋さに惹きつけられ、空しい徒労と見える駒子の生き方が、駒子自身の価値による孤独で強い意志力によるものであったことを知っていく。「死にに帰つた」という行男の療養費のために駒子が身を売って芸者に出たこと、駒子と許婚《いいなずけ》の噂もある行男を看病しているのが新しい恋人にも見える葉子であることから、島村はその全てが駒子にとって徒労だと思う。だが駒子には、「誰のために芸者になつたつてわけぢやないけれど、するだけのことはしなければいけない」とい

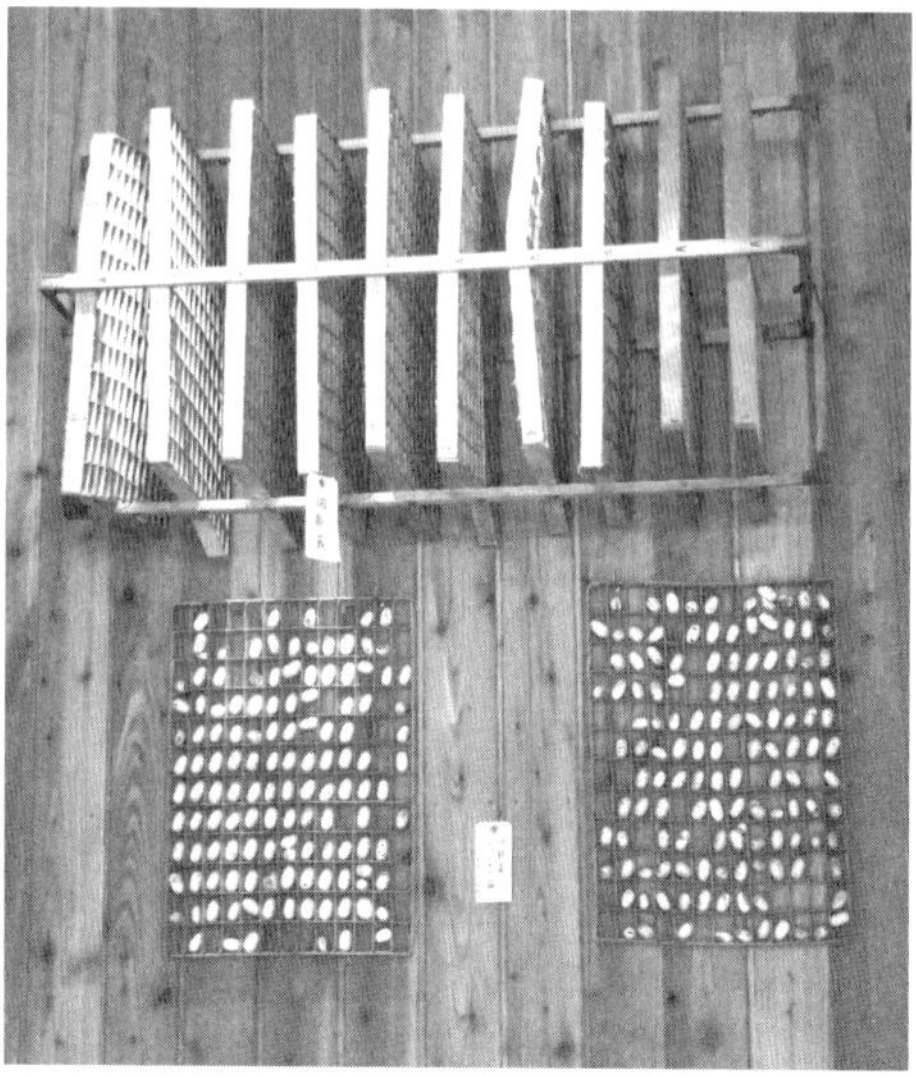

板状のボール紙で作られた「蔟」と「木枠」
（駒ヶ根シルクミュージアム常設展示）上蔟時《じょうぞくじ》、蚕が上に昇る性質を利用し、蔟が重力で回転するように仕立てたもの

養蚕・蚕種業で賑わったという別所の、「臨泉楼 柏《かしわ》屋《や》別荘」（写真　上田市誌近現代編（6）『上田の風土と近代文学』平12・3）
有島武郎や斎藤茂吉も宿泊した柏屋別荘は平成29年に廃業、現在「柏屋別荘の倶楽部」としてリノベーションされている

う自らの意志で責任を果たそうとする「真面目なこと」であったのではないか。行男は、東京へ売られて行く時に見送ってくれたたった一人の人で、幼馴染みのような存在であり、孤児的な境遇になっていた駒子が行男に抱いた思いは、思慕というよりも家族のように深い情愛であろう。「いや。私帰らないわよ」と行男の看取りを拒む瞬間の駒子に島村が感じた肉体的憎悪とは、徒労の思いを冷徹なまでに打ち消して抗おうとする、島村とは対極の生き様に起因するものなのかもしれない。

　ところで、島村の雪国再訪を描いた「徒労」（「日本評論」昭一〇・一二）執筆後、川端は「旅中文学感」（「東京朝日新聞」昭一〇・一一・七～九）[10]に「越後湯沢温泉に一と月ばかり滞在の間、秋の深まり来るさまをつぶさに眺めてゐた」と記し、移ろいゆく秋に関心を示していた。雪国から帰りの汽車に乗る島村は、次作「萱の花」（「中央公論」昭一一・八）冒頭に書かれ、島村の客車から「行商人かなにか」が降りて行く、「製糸工場の煙突のある停車場」が描き込まれた。地方の養蚕地帯では駅周辺の製糸工場、繭倉などは昭和一〇年代までまだ普通に見られたという。蚕糸業との関わりでは、川端は昭和一〇年一二月、岡谷市周辺の製糸工場地帯の対岸にある上諏訪町湖畔布半ホテルに、連載「花の湖」（「若草」昭一一・一～六）(11)の取材も兼ねて滞在し、三作目「諏訪湖の続き」（昭一一・三）に作中の新聞記事として糸都《しと》岡谷の製糸工場で働く女工達の冬期帰省の様子を取り入れている。昭和一一年夏頃から川端の信州行きが始まり、一一月には上田市別《べっ》所《しょ》温泉(12)柏屋別荘に滞在して『花のワルツ』（改造社、昭一一・一二）(13)の連載を執筆したが、「最後の踊」（「文藝」昭一二・一）には実在する蚕種《さんしゅ》製造場や蚕糸《さんし》専

繭で作った奉納額（別所温泉北向観音蔵）

門学校等の材料を活かしたと思われる話題が出てくる。川端が寄った上田小県《ちいさがた》は蚕都《さんと》と呼ばれ、養蚕・製糸業のほか気候条件から風穴《ふうけつ》を利用した蚕種業も盛んで、成虫が出た後の出柄《でがら》繭を使った上田紬の産地でもあった。またこの頃書かれた「初雪」（「週刊朝日」昭一二・一・二〇）(14)の情景には、「繭を煮る匂ひ」や「前の土竈《かまど》には、繭の鍋がかかつてゐて、足で機械を踏むにつれ、うしろの絡車《わく》に糸が巻き取れる仕組み」などと座繰《ざぐ》りの様子が挟み込まれている。川端は昭和一一年「文学界」近刊広告欄に、一月二月三月号(15)と続けて「雪ぐに」の文圃堂近刊予告を掲載しながら、結局、写生を想定していたと思われる二月中の越後湯沢での執筆(16)はなかった。養蚕・製糸・蚕種業、機織が盛んであった信州各地への訪れは、秋から初冬を描く「萓の花」以降の、蚕からの連想にも影響を与えていったのではないかと思われる。

「諏訪式」の仕組みを再現した実演用足踏み式座繰器（岡谷蚕糸博物館常設展示）

「柏屋別荘」隣、大正期（上）と現在（下）の「倉澤家蚕室」
（写真・解説　新津新生『蚕糸王国　長野県　日本の近代化を支えた養蚕・蚕種・製系』平29・2）
倉澤運平は、風穴の仕組みを発展させ、冷暖房装置を備えた独創的な蚕室を、地元別所温泉に築いた

四　島村の三度目の訪れ

島村の三度目の雪国への訪れは「一年振り」の秋であったが、約束していた二月半ばの鳥追い祭りに来なかった島村を、駒子は「東京の人は嘘つきだから嫌ひ」と責める。駒子は実家へ戻っていたものの年季奉公の芸者になり、この温泉場で待っていたのである。林武志[17]は早くから、駒子と島村の逢瀬がここで「一年に一度」「三年に三度」となったことに着目し、「一年に一度互いに相寄りながら、決して一体となることのない彦星と織姫の逸話へと潜在的にか連想が走り、〈雪中火事〉を腹案として持ちつつ」〈天の河〉を接ぐ構想により、それが顕在化したと考察していた。彦星織姫の物語は蚕織《さんしょく》からの連想とも言え、蚕織神織女星が一年に一度、七月六日から七日にかけての夜に天の河を渡って農耕神牽牛星と相会い、七日の朝には天の河の両側に別れるという中国の七夕伝説に由来する。島村の視点に立つと、駒子が語りかける「私のここにゐる間は、一年に一度、きつといらつしやいね」の言葉は、芸者駒子からの逢瀬の約束であると同時に、四年の「年期」という完全な別れまでの時間の提示ともなるだろう。島村の前回の訪れでは、駒子は結婚して、この温泉場にいなかったかもしれないと明かし、そして今回も、商売にまた出るとは思わず実家へ戻ったことを島村に話している。「私のやうなのは子供が出来ないのかしらね」という付き合いの人が駒子にいることを、島村は初めて知るが、駒子との関係は危ういものでもあり、島村に別れの時を意識させずにはおかない。駒子は、無理をすれば四年の年期（季）が二年になるとも話し、一年たたないうちに元金を半分以上返したと言うが、駒子が懸命に働くことは島村にとって、さらに別れまでの時限が迫ることでもある。

そして秋は、「東京の家を出がけに細君が言つた」言葉が島村に予感させるように「蛾が卵を産みつける季節」である。衣桁《いこう》にとまっていた小さいくせに胴の太い蛾は卵を産んで歩き、秋風に揺れていた蛾は枯れ葉のように散る。島村はあわただしく遊泳する蜻蛉《とんぼ》の群れを眺め、そして昆虫が悶死する様をつぶさに観察していくのである。島村は番頭が、生糸を繰った後の蚕の蛹を干し砕いた餌を緋鯉に投げているのを見ているが、駒子の蚕のイメージにも、自然の摂理である時の流れによる死の予感が纏わりつく。蚕は羽化して蚕蛾《かいこが》となり、飛ぶこともできずにすぐ産卵し、数日で死ぬといい、蛾は死の象徴ともなる。島村にとっては駒子の生命の輝きである、その生き方の喪失への恐れと繋がるものであろう。駒子の首筋は「背から肩へ白い扇を広げたやう」で、「白粉の濃い肉はなんだか悲しく盛り上つて、毛織物じみて」、「動物じみて」島村には見え、それは白い毛が生えつまった翅《はね》を広げる蚕蛾のようでもある。鶴田欣也(18)は、「前半の清潔さはもはや失われ、胴には脂肪がつき、細い透き通ったお蚕とは無縁の存在となっている。時間が経つとお蚕は繭を紡ぎ、蛾になる」と述べ、駒子を蛾と捉えるが、蚕の羽化には営繭、蛹化《ようか》を経なければならず、ここでは島村の焦燥感が反映された予感と見ておくべきであろう。また駒子の変化については、上田真(19)も、島村の三度目の雪国訪問では現実的な「妻」に変貌し、島村にも「娼婦」としての面さえ見せてくると説くように、『雪国』における話型の内在からこうした見方がされてきている。島村の再訪時、長唄三味線を演奏している駒子は、「なによりも清潔」で「しやんと座り構へてゐるのだが、いつになく娘じみて」(20)島村には見える。三度目の訪れの際には、駒子は朝から銘仙の普段着で本を読み、島村を起こすなど「ひどく家庭の女めいた素振り」を見せ、島村が朝湯から戻ると「清潔に」座って裁縫をし、髪を洗って「髪結ひ」へ行くと話す。「裁縫が出来る」のは駒子が幼い頃の家の生活苦のせいで、その後の身の上に繋がる事柄でもあろうが、裁縫は七夕の晩、蚕織を司る織女星に機織りや裁縫、技芸の上達を祈る乞巧奠《きっこうでん》の行事と関連する。また、洗髪は七夕前の様々な伝承行事の一つでもあり、神を迎えるため聖なる乙女が水浴をして機屋に籠もるという棚機津女《たなばたつめ》伝説から残る習俗と言われる。現実の駒子が変わったとしても、島村は観念の中で、駒子に「娘」から「妻」への変化を重ね合わせ、清潔さを見ようとすることに変わりはないと考えられる。駒子はその洗髪の約束で島村の部屋に夜中の三時に「来ると言ったら来たでしよ」と倒れ込み、酔いで身悶えして熱く、「火の枕、火傷するよ」と言う。一途な駒子の生き方は島村にも向かい、駒子の熱さに島村は直に生きている思いがし、現実というものが伝わる。「なつかしい悔恨」とは、駒子を通して思い出す、かつての島村自身の半生に対してのものであり、人を火傷させ、傷つけるほどの激しさにより、もう復讐を待つだけの、全てを受け入れる思いのようなものを、島村は感じているのだろう。生き急ぐかのような秋の虫達や駒子の生き方を見つつ、贅沢に長逗留する島村は、「旅にまで出て急ぐ必要はさらさらない」と自分に言い聞かせるかのように自己弁護してみせるのである。そこには、死んでいく蛾にそのつくりの美しさを思い、懸命に生きようとする駒子に孤独の艶めかしさを感じ、見つめている島村の生への愛惜という美的世界が存在するのであろう。

五　駒子と葉子の重なりと発狂

決定版『雪国』「あとがき」に追記したあとがき「二」(21)で、川端は「点滅する葉子は創元社旧版（筆者注、旧版『雪国』）以後にもつと書き、駒子とのいきさつもたどるつもりであつたが、省いてしまつた」と明かしたが、川端が失敗とした続編「雪中火事」「天の河」には葉子が登場しない。旧版『雪国』終盤では、二人に接点がないにもかかわらず、互いを知り同じことを思う、葉子と駒子の二人で一人のような関係が見えてくる。例えば、葉子は頑なに東京へ「連れて行つて下さい」と島村に求め、駒子も葉子のことを「私の荷を持つて行つちやつてくれない」と島村に求める。また葉子は駒子がいるかのように呼んで島村に「駒ちやんをよくしてあげて下さい」と頼み、駒子も島村に葉子のことを「あんたみたいな人の手にかかつたら、あの子は気ちがひにならずにすむかもしれない」との思いから頼む。そして内湯で宿の子の面倒をみて、また手毬歌を生き生きと歌う葉子は、島村の再訪時の駒子を彷彿とさせ、葉子の駒子への接近が感じられ、こうしたことから葉子が駒子に重なったと解してもよいのではないか。そして葉子は東京へ行ったとしても、一生「一人の人」、すなわち行男以外の人の世話をすることも墓を参ることもないと考えているこ とが知れるが、そうだとすれば葉子の発狂と、その葉子が駒子の荷となることは避けられないと予想されるだろう。

六　駒子における「狐」と「白い線」

島村は駒子が暮らす百姓家に寄るが、その家の古道具で荒れた二階は狐狸の棲家のように思われ、駒子の東京暮らしの名残の見事な箪笥や贅沢な裁縫箱などを、「狐のお嫁入り」に喩える。「狐狸」の「狸」は猫を指すこともあり、養蚕との繋がりで言えば、狐や猫は鼠の食害から蚕や繭を守るため、稲荷神社の神聖な使いである狛犬とされることがある。川端は神社の狛犬を「駒犬」とも表していた。唐突ではあるが、駒子に蚕や繭を守る稲荷信仰における神性が明らかになったと見ても支障はなく、「繭倉」と叫びながら「村の人」を心配して火事場に向かっていく駒子と無関係ではないだろう。駒子は縫物が「紅葉のお客さんで、ちつとも捗らない」と島村に言うが、それは観楓客《かんぷうきゃく》の宴会の掛け持ちのせいだけでなく、まるで妻のように島村の部屋に寄り、また呼ばれなくても通い、身を持ち崩すほどになっていたからである。駒子はこの部屋で「家庭の女じみた風におとなしく座つて、なにか羞んでゐ」るように島村には見える。嫁がせた娘、蚕織神織女星（ベガ）が機織りをしなくなり、怒った天帝が農耕神牽牛星（アルタイル）から引き離し、一年に一度会うことを許したという中国の牽牛織女伝説を呼び起こす。駒子が妻で織女のような存在ならば、天の河を見つつ火事場へ走る別れの場面で、島村に向かって言う「あんたが行つたら、私は真面目に暮すの」の言葉に繋がると考えられる。付言しておくと、直接的には「雪中火事」「天の河」の旧稿における牽牛織女伝説の連想と、より密接に繋がっていたと思われる。駒子は、島村のために座敷着の借着をしていることも宿で明かすが、「たなばた（織女）」の歌語で織女に「衣」を「貸す」と詠む和歌も多いことから、駒子を織女に位置づける要素ともなろう。宿へ戻った島村が「君はいい女だね」と讃美の言葉を口にした時、駒子は侮辱と受け取り、「それで通つてらしたの？（略）やっぱり笑つてらしたのね」と激しく怒る。泣き疲れたか、かつて神経衰弱で縫針を畳に刺したり抜いたりしていたと言っていたように、駒子は簪《かんざし》を畳に刺す。駒子の一途な島村への愛が島村によって傷つけられた瞬間である。島村にとっては神聖なはずの駒子が、自らの精神の清潔さによって恥辱を露わにし、傷つくのを見たことになる。誤解を解かない島村に対し、駒子は強く、「考へ直して来た」と部屋に戻るが、湯へ行く駒子が、この時の島村には「罪をあばかれて曳かれて行く人に似た姿」と映る。島村が日本踊を純粋に舞台藝術として究めようとしたために、結果的に人生を徒労と思うしかない犠牲を自ら払わなければならなくなったように、駒子が島村を一心に愛することに対して最終的に駒子自身が負うべき代償、「刑罰」を、島村が感じ取るかのようでもある。駒子も孤独であり、駒子に何もできない島村も孤独である。次の朝、窓の外では「大きい牡丹雪がほうつと」浮かび流れ、「静かな嘘のやう」と島村は眺めるが、鏡の中では「牡丹雪の冷たい花びらが尚大きく浮び、襟を開いて首を拭いてゐる駒子のまはりに、白い線を漂はした」と見る。駒子の「首のつけ根」は「太つて脂肪が乗つてゐ」るはずで、鏡の中に映るものが象徴でもあるとすれば、伸ばした首筋を左右に傾けては首を拭く駒子と、周りに漂う妖艶な牡丹雪の白い線は、熟蚕が首を8の字に振りながら糸を吐いて繭を作っていく様子をも映し出してはいないか。小林一郎(22)が『雪国』との重なりを指摘するように、牡丹雪は、川端の作品「雪」(「日本経済新聞」昭三九・一・一)(23)でも主人公の幻想の中で「大きい雪片が、粉雪よりもゆるやかに降る。音のない静かなぼたん雪(略)」と描かれ、『雪国』の先の「牡丹雪」の描写との類似性が認められる。ただし、鏡の中の牡丹雪が「白い線を漂はした」という表現は、特異であり、営繭の暗示と捉えられるのではないか。蚕は繭の中で脱皮し蛹となり、二週間もすれば蛾となって繭から出てくる。ここで島村には改めて駒子の肌は「洗ひ立てのやうに」清潔に見え、そして山は初雪で「あざやかに」生き返り、杉は雪の地に「くつきりと目立つて」鋭く天を指しながら立つのである。時の流れと島村の意識の中での駒子の変容が迫るなか、新たに神聖さを印象づける初雪の場面で、旧版『雪国』は終わっていたと考えられる。

七　天の河の〈掬い上げ〉

『雪国』の終章の改稿については、河村清一郎(24)が「雪中火事」「天の河」を旧稿、「雪国抄」「続雪国」を定稿と呼び、場面における「素材」の異同が『雪国』(決定版)に与えていく影響を分析している。その中で改稿の特色を、旧稿での縮の織子《おりこ》に纏わる二つの挿話が省かれ、かつ定稿で繭倉火事での葉子の落下が新しく付け加えられたことと措定していた。作品の文芸性を問うことを目的とした河村の方法と論点を参考に、本稿冒頭で述べたように、〈繭倉火事での天の河〉の場面における「素材」の変化と影響を、蚕からの連想という観点で捉え直してみたい。

まず、『北越雪譜』(25)からの挿話の一つは、丹精して織り下ろしたのに、晒屋から戻った縮のしみを見て泣き伏し、気が狂う「織婦《はたおりをんな》の発狂《きちがひ》」の娘の筋書きを使う。葉子は駒子と一体であり、丹精込めた愛情を傷つけられて泣き伏す駒子の発狂が想起される。二つめの挿話は、「御機屋《おはたや》の霊威《れいゐ》」から後日談を除き、娘の神罰を払うため真冬に水を浴びる心を通わす男や親達の話を用い、娘が「その男」の「男の子を産んだといふ。」と終わる。『北越雪譜』の原文は「…婚禮《こんれい》も…男子をまうけけり。(略)」であり、川端が意図的に変えたとすれば、島村に浮かぶ「よその男」の子供を産んで母親になった駒子の幻影との関連が、推測される。河村は、二つの挿話は織子の丹精と機屋の神性を知らせるものであり、旧版『雪国』終盤とのつなぎの役目を持つと述べる。蚕からの連想では、織女、機屋、水浴等の言葉は日本古代の棚機津女伝説の織女を思い起こさせ、それは織女星を祀る乞巧奠にも繋がる。つまりこの二つの挿話は、「雪国」で暮らす駒子のこの先の人生の暗示と、駒子を織女星に見立てる、そうした内容を巧みに兼ねていたと言えるだろう。では、二つの挿話が省かれることで〈繭倉火事での天の河〉がどう改稿されていったか、細かい文言の改削を除き、素材の異同からの影響を考察する。

旧稿にあったこの二つの挿話は削除されるものの、定稿では駒子のこれから先の二つの人生、「母親になつた駒子」と駒子の発狂を思わせる「簪をぷすりぷすりと畳に突き刺してゐた」という表現が残された。これは駒子を織女星に見立てる必要がなくなったことを示唆し、牽牛織女伝説、あるいは七夕伝説の連想が後退したと仮定できるだろう。旧稿中、削除される描写を挙げてみる（傍点は筆者による）。

島村は天の河の外の星へ眼を移した。無論星は冴えて多いが、それらの獨立した星は天の河のなかの星よりも生き生きと強く光つてゐた。音がしさうに瞬いてゐた。北方の冬の鋭さだつた。しかし、一種の極光のやうな天の河は島村の胸を流れて、地の果てに立つてゐるかと感じさせる。その艶めかしい驚きは、しんしんと悲しかつた。

これが定稿では、次のように改稿される。

大きい極光のやうでもある天の河は島村の身を浸して流れて、地の果てに立つてゐるかのやうにも感じさせた。しいんと冷える寂しさでありながら、なにか艶めかしい驚きでもあつた。

牽牛星が天の河の「なか」から遠ざかり、アルタイルの位置に帰って行く、別離の要素が消されたと読むことができないだろうか。牽牛である島村から見る織女の駒子は旧稿で、
（略）、駒子は暗い山の底に消えて行くやうに見えた。
となっていたが、定稿では、
後姿が暗い山の底に吸はれて行くやうだつた。
と変えられ、さらに定稿で書き加えられた、
島村もをかしいほど身が軽かつた。ふと駒子から解放された自由に驚ろいた。
は、『雪国』で、
島村も身が軽かつた。
だけとなり、観念的な別離の象徴が削られ、現実的な別れの表現となった。
そして旧稿の末尾、星合の後の静かな天の河と、さらにこれから先も逢瀬の約束が叶うかのような、
島村も新しい火の手に眼を誘はれて、その上に横たはる天の河を見た。天の河は静かに冴え渡つてゐた。豊かなやさしさもこめて、天に広々と流れてゐた。
という描写は全て削除され、定稿、『雪国』とも、

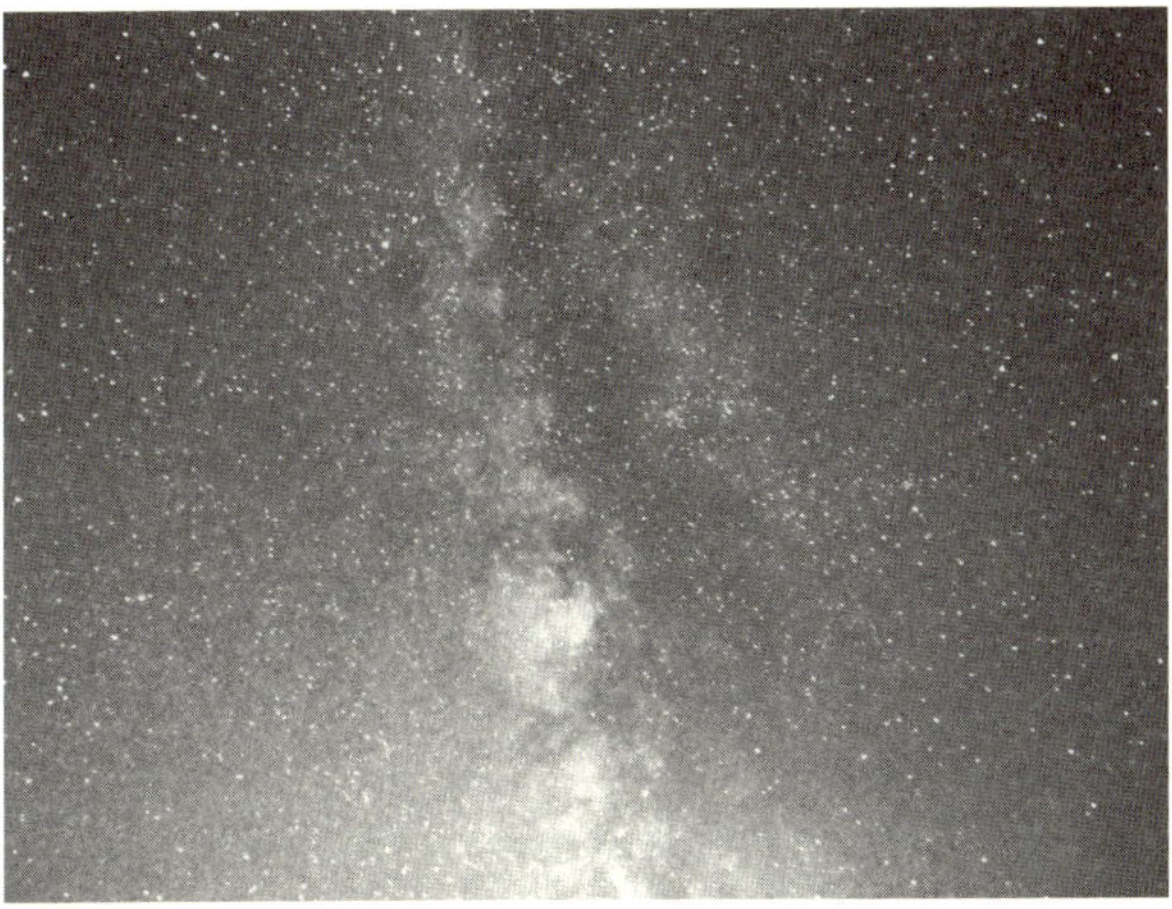

旧暦七夕頃の天の川

『北越雪譜』でも紹介されているが、芭蕉の「荒海や佐渡によこたふ天河」の句は、『おくのほそ道』旅中、出雲崎で想を得て、七月七日に直江津でまとめたとされる（『松尾芭蕉集　日本古典文学全集』小学館、昭47・6）

> その火の子は天の河のなかにひろがり散つて、島村はまた天の河へ掬ひ上げられてゆくやうだつた。

と書き直され、その後に天の河の〈流れ落ち〉が加筆される。こうした一連の改稿は、様々な事象の中で、特に島村と駒子を牽牛星と織女星になぞらえる牽牛織女伝説における、別離と一年に一度の逢瀬の約束の象徴を希薄化させたものと推察できよう。羽鳥徹哉[26]は『雪国』の天の河の描写だけを抜粋し、五つの段階に分けて解釈を試みているが、〈掬い上げ〉までの部分については、別れてしまうことは地の果てに立つような寂しさを感じさせるが、丹精込めて愛し愛されたことは儚くとも「艶めかしい驚き」で人生を包むと読み解き、参考になろう。天の河への妖艶な二人の〈掬い上げ〉が曖昧さの中に残されたが、七夕伝説との関連を改めて確実にするものが定稿、『雪国』で芭蕉の「荒海や」の句となったことは、深澤晴美(27)が示唆する、川端の中で「芭蕉を通過し、沈潜させていくことで、「首尾照応」の要へと変容した」という経緯に関わると思われる。

八　天の河の〈流れ落ち〉

河村は定稿で、駒子の影の存在である葉子と、駒子の関係に注目するが、書き加えられた〈繭倉火事での葉子の落下〉と〈天の河の流れ落ち〉が大きな意味を持つと考えられる。繭倉火事では新たに「繭を煮るやうな臭ひ」が加わり、旧稿での天の河への〈掬い上げ〉のほかに、定稿では天の河が逆に「さあつと流れ下りて来」てポンプの薄白い水煙と繋がるかのように描かれる。島村は、放水の前に浮かんだ女の体が「命の通つてゐない自由さ」の「生も死も休止したやうな姿」で水平に繭倉から落ちるのを見る。島村が「非現実的な世界」で見ているものは、雪と火と水すなわち熱い湯で繭を煮出し、水蒸気を飛ばしながら生糸を薄白い筋に撚り、繰り終わった繭から蚕蛹《さんよう》が釜湯の中に落ちていく、そうした煮繭《しゃけん》と繰糸《そうし》の幻影ではないか。火を見つめる駒子は「顔に焔の呼吸が薄明るくゆらめい」て「咽は伸び」、落下した葉子も「首の線が伸び」、「火明りが青白い面の上を揺れて通」り、定稿ではこの時、改めて二人が一体となったことを暗示する。島村はここで駒子に「別離が迫」るのを感じ、葉子には「葉子の内生命が

諏訪式繰糸機による糸繰り（岡谷蚕糸博物館内(株)宮坂製糸所動態展示）
高温湯で煮た繭を繰糸釜（鍋）に移し、数本の繭糸を合わせて撚りをかけ、集緒器を通して一本の生糸として枠に繰り取っていく

変形する、その移り目のやうなもの」を感じるが、それは島村のイメージの中で繭となっていた駒子が、葉子と一体でもある自らの蛹を犠牲にして、生糸へと変わるその過程ではないか。川崎寿彦(28)は「もし「内生命の変形」すなわちメタモルフォーゼの〈古態型〉が蚕の繭だとすれば、その火事が繭倉の火事であったこと、あるいは、かつて駒子が「蚕のやうに透明な体」で蚕室に住んでいたこと、などに連想はつながるかもしれぬ」と言及していた。桑を食み、繭を作り、蛹を犠牲にして美しい

「倉澤家蚕室」から山麓を登った三島神社奥の別所氷沢風穴

江戸時代初め上田縞・紬はすでに有名だったが、江戸時代後期、信州上田は蚕種の一大産地になっていたという(「蚕都上田ものがたり〜歴史のとびら〜」蚕都上田プロジェクト、平24・3)

絹を人のために残す蚕の生は、徒労そのものであろう。羽化した蚕蛾に繭を食い破られれば生糸はとれない。元々駒子は「きやうだいぢゆうで、一番苦労したわ」と独り言で言っていたように、貧しかった家のために口減らしで東京に売られていった。もし誰かのための犠牲という思いに囚われたら、自分の人生を徒労と見ることに堕していくかもしれないのである。駒子が実家に戻った後、年季奉公の芸者となったのもおそらく年下の「きやうだい」のためでもあろうが、やはり葉子の行動にも弟佐一郎への異常とも思える情愛が現れていた。身売りと関わる駒子の徒労の思いを純化し、情愛として代行する存在であったと推察できる。徒労の思いを呵責と感じているままの島村とは、川端があとがき「二」(29)で述べた通り「異なつた書き方」で描かれていたと言える。駒子が自分の生き方を全うする強さや激しさは、一人で二人という葉子がいたからこそ成り立っていたのである。しかし駒子は島村の生き方に近づいたかのように見え、その時葉子が犠牲となる。駒子の苛烈な生き方の先に、徒労ではない母親としての人生か、徒労を生きる厳しさによる発狂か、二つの宿命のようなものを意識してきた島村にとっては、いずれもが駒子の生命の輝きとの決別となろう。その予感が現実となる前に止揚させ、駒子の生命の輝きを島村自身の中に留めようとしたのではないか。音を立てて流れ落ちるような天の河は徒労の生が残す絹糸の象徴である。

九　『雪国』結末の書き換えの意味

繭倉火事において「今は村の繭も米も入つてゐなくてよかつた」という村人の話と、旧稿での焼けた繭倉の汚い煙は、神聖な繭の焼失が免れたことを意味していただろう。駒子との別れを意識してきた島村は、二人の歳月を牽牛織女伝説、あるいは七夕伝説の物語として自分の観念的世界に閉じ込めることで、駒子からの一年に一度の逢瀬の約束をこれから先も守ろうとしたのではないか。二人の妖艶な出逢い、別れの悲しみ、永遠の逢瀬の約束が〈天の河〉や〈掬い上げ〉に象徴的に描かれたが、それはつまり、完全な別離ではなく、旧稿末尾の天の河の描写には島村の〈救済〉が感じられる。しかし、駒子との希有な巡り逢いや島村の別れまでの焦燥感は打ち消され、儚さゆえの美しさはもはやそこには存在しない。また、繭倉火事から神聖な繭が守られたとしても、駒子の時間の流れである、繭のイメージから蛾への変容が避けられることにはならない違和感が残るのである(30)。

他方、『雪国』の結末では、芭蕉の「荒海や」の句を背景にした観念的世界に、天の河への〈掬い上げ〉が残され、二人の邂逅《かいこう》のみが妖艶さと旅愁の中で浮かび上がる。それは微かに島村の〈救済〉となるかもしれないが、駒子との別離や駒子、葉子の前途を彷彿とさせもする〈苦痛と悲哀〉を伴う記憶であろう。加えられた天の河の〈流れ落ち〉は駒子の生命の輝きを、徒労の生の象徴である絹として、島村の観念の中に残そうとするものであったと考えられる。しかし島村は、無名の工人は死んで美しい縮が残ることを不思議とし、「一心こめた愛の所行はいつかどこかで人を鞭打つものだらうか」という深い問いを抱いているのであり(31)、島村の〈救済〉にならないことを痛切に思わせ、儚さや犠牲という〈苦痛と悲哀〉を伴って構築される美的世界に近づこうとする島村を描き出す、川端の志向を知るのである。

＊

終章の書き換えを通して浮かび上がるのは、大きく捉えると、駒子との現実に対し伝説や古典に依拠した虚構の世界を投影していく一方、現実に生きる駒子の輝きにも惹かれる、いわば二元的な島村であろう。原善は夙に、島村の「一種二元的な在り方」、また「現実にも非現実にも惹かれるという揺れ」を、『川端康成―その遠近法』（大修館書店、一九九九・四）の中で、川端が多用する〈遠い〉〈近い〉といった言葉により例証している。川端の終章執筆に当たっては、雪中の火事場の腹案への迷いとともに、未完であった旧版『雪国』の首尾照応が悪いことも懸案となっていた。『雪国』冒頭の「夕景色の鏡」に映る娘（葉子）の幻想的な映像は、非現実の世界とされる。ただ正確に言うならば、二重写しの写るものと、写す鏡の底――夕暮れから闇になっていく実際の夕景色――との関係性によって喚起される、島村の〈象徴の世界〉と〈美の享受〉とが看取できるのではないか。

車窓の不思議な鏡中で、同じ仕草を繰り返す病人の男と世話をする娘に見入るうち、島村は悲しみを見ているというつらさのない「夢のからくり」を眺めるような思いを抱く。島村が芝居か物語の「登場人物」と見做す二人は、鏡の底の夕景色の流れ、すなわち現実の時空とは「なんのかかはりもな」く、その二つが溶け合って、島村の「この世ならぬ象徴の世界」となるのである。また一方で、鏡のあることを忘れていく島村には、今度は窓外の流れる夕景色に娘の顔が浮かんでいるように見えていく。殊に娘の眼と、ともし火の冷たく遠い光が重なる瞬間に、島村は胸が顫《ふる》える「なんとも言へぬ美しさ」を体感する。

その時の眼を島村は「妖しく美しい夜光虫」に喩えるのだが、それは現実の時の流れの中で、生命が輝いて見える一瞬の「美しさ」の享受と言える。とすると、とりわけ旧稿において、現実の直視を避けて物語を夢想していく、島村の〈象徴の世界〉の描出が、作者川端により選択されていたと思われる。

川端は、日中戦争下の昭和一六年中、取材や軍の招きで満州各地を巡り、その後も旅を続けた。昭和二一年二月刊行の鎌倉文庫『雪国　現代文学選7』のあとがきに川端は、自作が平和時よりも痛切な愛情を持って読まれ、異境にあっては故国日本を思うよすがとなっていた等々の話を書き、この集の「雪国」に、旧稿を採っていない。

終章を加えた決定版『雪国』のあとがきでもやはり川端は、戦争中に知った自作が誘う懐郷の情というものが、自身の自覚を深めたことに言及している。戦中戦後の、川端の古典回帰や日本の伝統文化への傾倒から、終章でも茶道具や能「松風」の取り入れが論じられるが、指摘もある通り、満州渡航での切実な体験も、終章に影響を与えていただろう。

『雪国』の島村は、無為徒食で、「見ない」西洋舞踊を書物や写真から想像して安楽を求めるような人物である。だが、かつて日本踊に好みが向かった時期には、一通りのことを究めようと古い記録を漁り、家元などを訪ね歩き、研究や批評をして、「実際運動」に飛び込もうとまでしていた。些細なことだが、終章（決定版等々）での島村は、「昔の民芸のあとをたづねてみるといふ柄でもなかつた」と言いながらも、縮の産地へ行き、昔の宿場らしい町通りを歩くことにより、「昔の本」に書かれた織子達の雪中の暮らしや手仕事の辛苦などに思いを致しているのである。そして、「昔の本」の典拠となった『北越雪譜』には実は、こうした「苦心労繁」は「ちゞみのみにはかぎらず織物はすべて然らん」ともあったわけだが、当時の日本の人々が懐かしむ暮らしや生き方が、終章ではより現実性を増しているだろう。

注

（1）引用は定本を参照した、「雪国」第四次新潮社『川端康成全集第十巻』（以下、第四次『全集』と略記）による。初出誌は「雪国」（プレオリジナル）第四次『全集第二十四巻』から引用した。

（2）「『雪国』研究史」、「川端康成『雪国』試論—現象する恋情の方法と意味—」「文学」平一九・九、一〇。引用は片山倫太郎編『川端康成作品論集成第四巻』(おうふう、二〇一一・二)による。
(3)「水島治男あて一、昭和十年十月二十三日附」第四次『全集補巻二』。
(4)「一草一花」「風景」昭四三・一二。「『雪国』について」第四次『全集第三十三巻』。
(5)「『雪国』における駒子の神性」長谷川泉・鶴田欣也編『「雪国」の分析研究』教育出版センター、一九八五・一〇。
(6)諏訪信仰は、山の神、風の神、水の神の性格を併せ持ち、農耕神事や狩猟神事が行われるようになったともいう。島村が温泉場に初めて訪れたのは国境の山歩きからで、島村の山歩きの意味や宿から見える山の自然描写を考えると山にも神性が認められるだろう。
(7)平山三男編著『遺稿『雪國抄』影印本文と注釈・論考』至文堂、一九九三・九。
(8)孵化前の蚕の卵は殻が透けて青く見えることから、蚕の卵を適切な環境下に置いて孵化させることを催青という。
(9)「ポルノグラフィとしての『雪国』」「国文学」平一三・三。引用は前掲注2、片山倫太郎編『川端康成作品論集成第四巻』(同)による。
(10)第四次『全集第三十一巻』。
(11)第四次『全集第二十三巻』。

(12) 別所には、三島神社近くに蚕種の孵化を抑制するための氷沢風穴があり、柏屋別荘の隣には、床下のかまどで暖めた空気を階上に送って蚕の孵化や飼育を行う倉澤家蚕室という施設があった。また階下では、脇を流れる川の冷気を利用して桑を貯蔵した。

(13) 第四次『全集第六巻』。

(14) 第四次『全集第六巻』。

(15) 「文学界」昭一〇・一二。「文学界」昭一一・一。「文学界」三月号(昭一一・二)には「近時いよ〳〵(略)短篇集、公刊の日近し、乞御期待」の文言が見える。

(16) 前掲注3。

(17) 「雪国」林武志編『鑑賞日本現代文学第15巻川端康成』角川書店、一九八二・一一。年立ての矛盾については、平山三男「『雪国』年立論の視点から」(川端文学研究会編『川端康成研究叢書5虚実の皮膜』教育出版センター、一九七九・三)に詳しく、本稿では触れない。

(18) 「『雪国』」『川端康成の藝術―純粋と救済―』明治書院、一九八一・一一。

(19) 「『雪国』の作品構造」前掲注17、川端文学研究会編『川端康成研究叢書5虚実の皮膜』。

(20) 初出「徒労」では「いつになく若い娘じみて」であったが、旧版『雪国』で「若い」が削除された。

(21) 第一次『川端康成全集第六巻』新潮社、一九四九・六。「独影自命六」第四次『全集第三十三巻』。

(22)「雪国──「雪」を核とした世界」『川端康成研究──東洋的な世界──』明治書院、一九八二・九。引用は岩田光子編『川端康成『雪国』作品論集成Ⅲ』(大空社、一九九六・一二)による。

(23)第四次『全集第一巻』。

(24)「「雪中火事」と「天の河」──「雪国」・結末の改稿をめぐって──」「金城国文」昭四〇・一。引用は岩田光子編『川端康成『雪国』作品論集成Ⅰ』(大空社、一九九六・一二)による。

(25)鈴木牧之編撰・京山人百樹删定・岡田武松校訂、岩波書店、一九三六・一。

(26)「「雪国」を読む、その2・完」「成蹊大学文学部紀要」昭六〇・一。引用は前掲注22、岩田光子編『川端康成『雪国』作品論集成Ⅲ』による。

(27)「川端康成における芭蕉/「雪国」の〈天の河〉再考──川端康成全集未収録文に触れて──」「芸術至上主義文芸44特集」平三〇・一一。

(28)「川端康成『雪国』(雪と火と)」『分析批評入門』至文堂、一九六七・六。

(29)前掲注21。

(30)『川端康成選集第五巻』(改造社、昭一三・一〇)「第五巻あとがき」によると、雪中火事の場を書くことでの「少し芝居じみて余情を失ふおそれ」を川端が認識していたようにも思われる。

（31）島村にとって贈物とはならず、前掲注9で千葉俊二が挙げる〈仙郷で贈物をもらう〉話型には当てはまらない、島村の美意識の表出であると考えられる。

その他参考資料等

・阿部勇編著『蚕糸王国信州ものがたり』信濃毎日新聞社、二〇一六・一〇。
・篠原昭・嶋崎昭典・白倫編著『絹の文化誌』信濃毎日新聞社、一九九一・八。
・『岡谷蚕糸博物館』市立岡谷蚕糸博物館、一九九二・三。
・『シルク岡谷製糸業の歴史』岡谷市・岡谷蚕糸博物館、二〇一七・三。
・岡谷蚕糸博物館内、宮坂製糸所動態展示。
・諏訪市博物館研究紀要5「諏訪信仰と御柱祭」諏訪市博物館、二〇一〇・一〇。
・『世界大百科事典』平凡社、二〇一七、九。
・『日本国語大辞典』小学館、一九八〇・一〇。

あとがき

川端康成の「招魂祭一景」「掌の小説」「伊豆の踊子」「雪国」などを大学の演習授業で学んだ。「雪国」は、芸者駒子の行き場のない愛情が切なく胸に迫る小説だった。妻子ある旅人という以前に、主人公島村は、愛することをしないかのようにも思える。そして、そのような島村の意識と関係するであろう、作中に現れる蚕や蛾に纏わる描写が、妙に気になっていった。子供の頃に蚕を飼ったり、工場からの「繭を煮る」においを吸いながら通学したりしていた、私の体験が影響しているだろうか。定本まで三六年をかけ、複雑な創作過程を経て成立してきた「雪国」と、蚕織との関連を調べてみようと思った学生の時、それは非常に難しいことだった。周知の通り、養蚕・製糸業は衰退、精密部品・機械産業へと転換していたし、書き下ろしを含む旧版をはじめ、古い貴重書、豪華本（定本）を探し出すのにはかなりの時間と労力が必要で、途中で諦めざるを得なかった。

しかし現在、オンライン蔵書目録検索システム（OPAC）、諸図書館のデジタル資料や各種サービス、「青空耕作員」の尽力による青空文庫等々のおかげで、家にいても多くの情報を即座に得ることが可能だ。私は大学図書館間の図書の取り寄せ制度（送料実費負担）を使って、禁帯出ではあったが、同時に数冊の本文の異同などを調べた。インターネット上の古書店「日本の古本屋」にも大分助けられたと思う。また、国立大学附属図書館も必要とする者に開かれ、利用者登録すれば地方でも国立国会図書館の多様なサービスを活用できる。時を経て、調査探求の環境が整ってきていたのだ。

蚕織について言えば、今では身近に見ることはほとんどないだろう。一昔前まで養蚕農家では冬の間、玉繭《たままゆ》や屑繭《くずまゆ》から糸繰りし、あるいは真綿にしてから糸を紡ぎ、高機《たかばた》（「たかはた」とも）で自家用の布を織っていたと聞く。岡谷蚕糸博物館には、製糸の歴史がわかるように手挽き・座繰り器から座繰機・繰糸機まで、実物が展示されている。画期的だったのは、市立岡谷蚕糸博物館からのリニューアル後、それぞれの器機による製糸（生糸の生産）が、併設の宮坂製糸所で見学できるようになっていたことだ。私は、川端が書いていたものに近い諏訪式繰糸機による糸繰り、その熟練の手技も目の前で見た。挽き終わりの方の薄皮の糸は弱いそうで、煮繭釜から取り出されているものもあった。大正、昭和期の養蚕農家の生活や蚕具、また蚕の生態については、駒ヶ根シルクミュージアムの常設展示が、とても詳しく役立った。各地の博物館では、その地域に根ざした養蚕の神様や蚕の守護神が紹介されていて、それも興味深いものだった。『雪国』終章に描かれる縮を作り上げていく昔の人々の手仕事や作業の大変さは、養蚕を行っていた農村の暮らしにも当てはまるのだろう。明治になるまで越後上布《じょうふ》や絹などの着用は庶民には禁じられ、晩唐の秦韜玉《しんたうぎょく》の詩のように、他人のためにする労苦であったとも言える。今、『雪国』は東洋の古代から日本の近代、現実と象徴の間の、様々な時空の旅をさせてくれる作品だと思わずにはいられない。

そして、川端の『雪国』あとがきのうち、決定版とその補足のあとがきを読むたびに気になったのが、唐突に書き込まれた水上周辺の話だ。随筆「作家との旅　三」との関連が知られる、そうした記述の意図が何かを知りたくて誘われるように、谷川岳の一ノ倉沢や清水トンネル、三国山の峠道、挙げればきりがないが、水上周辺の地を何度も訪ねることになった。高度経済成長期やバブル期の活況を思わせる奥利根温泉郷だが、今も、美しい自然に変わりはない。猿ヶ京の、何気なく寄った三国路与謝野晶子紀行文学館で、その時はコーヒーを淹れていただいてビデオを拝見したが、晶子が当時の水上周辺について書いている重要な文献の存在を知ることになった。永井宿郷土館でも、法師温泉専用自動車道の、山腹まで登っていた迂路について、偶然ながら実際の情報を確認する機会に恵まれた。また、猟をしていたという岡村宏策氏の愛犬や山鳥の剥製なども教えていただき、直木が岡村氏から山鳥を贈られていたことなど思い出しつつ見学した。それから、貴重な写真を快く見せてもらったお礼にと、再び法師温泉長寿館を訪ねた折には、「ひとつ風呂、いかがですか」という、お宿らしい言葉をかけていただいた。今度は旅行者としてゆっくりと名湯につかりに行きたいと思う。こうして思い出してみると、水上周辺は訪れる旅人に本当に親切で温かい場所だったと感じる。そういえば、忘れられない出来事が猿ヶ京関所資料館でもあった。入館するなり「まずこたつにでも入って。で、お聞きになりたいことは」と言っていただいたので、私は単刀直入に「旅人が冬の積雪の夜でも歩いて行けるのか」とか「怖くなかったのか」などと疑問に思っていた点を話してみた。「出たそうですよ、いろいろと」と聞いた時、ここがまた、歴史的な記憶を残す土地でもあったことを改めて思い知ったのだった。加えて、昔の話を伝え聞かせてくださった谷川温泉の旅館たにがわ、みなかみ町谷川岳山岳資料館（旧）、越後湯沢温泉高半の皆様にも記してお礼を申し上げたい。奥利根から越後湯沢にかけては川端にとって、特別な体験を得た空間であろう。作品と現実を行き来しながら旅をするのも、小説を読む楽しみの一つだと思う。

恩師故濱川勝彦先生には、川端文学に親しみ、『雪国』を読むきっかけをいただきました。川端康成学会諸先生方の日頃からの様々なご教示に、心より感謝申し上げます。そして、川端康成の小説や、信州別所温泉周辺のことを少しでも知ってもらえたらなどという私の話を、丁寧かつ真摯に聞いてくださった文芸社出版企画部の阿部俊孝氏、異例で欲張りな私の希望をふさわしく、形にしてくださった編集部の伊藤ミワ氏には、本当にお世話になりました。ここに改めて深く感謝申し上げます。

本書は叡知の海出版刊行の機関誌年報『川端文学への視界　川端文学研究２０２０』『川端文学への視界　川端文学研究　２０２１』に掲載された論文に加筆・修正したものです。

引用文には現在では不適切とされている表現が含まれていますが、作者の意図を尊重して原文のまま記載しています。

著者プロフィール

金子 光代（かねこ みつよ）

1964年生まれ。
長野県在住。
奈良女子大学文学部国語国文学科卒業。
長野県高等学校、国語科非常勤講師。
専門学校、大学で、レポート・論文作成、日本語表現法の授業を担当。
川端康成学会 会員。

川端康成　時空の旅 『雪国』終章で川端が描こうとしたもの

2025年 4 月15日　初版第 1 刷発行

著　者　金子 光代
発行者　瓜谷 綱延
発行所　株式会社文芸社
〒160-0022 東京都新宿区新宿1－10－1
電話 03-5369-3060（代表）
03-5369-2299（販売）

印刷所　株式会社フクイン

ISBN978-4-286-26250-5